산굼부리에서 사랑을 읽다

- 특수학교 교사의 일기 -

이 도서의 국립중앙도서관 출판예정도서목록(CIP)은 서지정보유통지원시스템 홈페이지(http://seoji.nl.go.kr)와 국가자료종합목록시스템(http://www.nl.go.kr/kolisnet)에서 이용하실 수 있습니다.

(CIP제어번호 : CIP2019007537)

지혜사랑 199

산굼부리에서 사랑을 읽다

- 특수학교교사의 일기 -

박수진

지혜

시인의 말

장애학생을 지도하는 30년 동안 무수한 벽 앞에 부딪혔고 여러 문제를 만났다. 어떤 문제는 잘 해결했거나 형편없이 해결하기도 했다.

특수교사로 산다는 것은 어렵고 힘든 일에 맞닥뜨릴 수 있는 상황에 자주 노출되는 것이다. 그러한 상황을 이겨내는 방법으로 감정 코칭 연수도 받았고 많은 책을 가까이 하려고 노력했다. 시를 가까이 하는 길도 하나의 방법이기도 했다. 시를 기다리듯 삶도 인생도 기다리는 것이다. 지루하고 남루하지만 견디는 일이다.

내가 아프면 세상이 싫어지고 힘든 특수교육을 감당할 수도 없다. 상처가 있는 사람은 상처를 꼭 주게 되어 있다. 본인이 아파도 아프다는 말을 못하고 가시 돋친 말로 상대에게 상처를 주기도 하기 때문이다. 복잡다단한 이해관계로 얽힌 현대의 사람들은 너 나 없이 상처와 화가 많다. 그 와중에 더 위로 받아야 할 장애인과 장애인 학부모님들은 더 깊은 상처를 가지고 있는데도 표현할 곳이 없고 심지어 특수학교 하나 짓는 일에도 방해 받는 모습을 태연하게 보고 있어야만 했다. 잘못된 모습을 보고도 무력하게 입을 다물고 있었다. 특수교사는 교사대로 일반 학교에서 "섬에서 일하는 것 같다"는 말을 한다. 사람은 살아야 할 때와 증언해야 할 때가 있다고 까뮈가 말했던가? 나는 시인으로 세상에 나가서 장애인과 장애인 학부모님들께 관심을 가져 달라고 증언할 수 있는 길을 선택한다. 학부모님, 특수교사들에게도 힘내자고 말을 건네고 싶다. 각자도생이 아니라 더불어 살면서 더 많이 행복했으면 하고, 오늘도 내일도 그 마음으로 시를 쓰겠다.

특수학급으로 시작한 교사 생활, 자진하여 정민 특수학교, 정인 특수학교 근무를 했고 그 이후 고등학교 특수학급을 거쳐 복지

관 파견 학급까지 다양하게 경험을 했다. 많은 중증 장애 학생들의 신변 처리도 했고 파견학급 학생의 장례도 치러 봤다. 부족하지만 그 자리에 함께 있었다. 개인적인 사연이지만 혼자서 자식을 키운 엄마의 삶도 나에게 영향을 주었다. 엄마의 삶이 거울이 되어 나도 이 길을 이만치 걸어 올수 있었다.

종은 누군가 쳐야만 소리가 난다. 노래도 누군가 불러야 노래가 된다. 종은 자기의 몸을 세게 치는 만큼 그만큼 청아한 소리가 날 테지만 나는 개인적인 성향도 없지 않아 상처받는 일에 멘탈이 약했다고 고백한다.

그러나 내가 소리 내어 말할 때 그 누구든 한 명이라도 돌아 볼 것이란 기대를 한다. 나름 고민하며 살았다. 시에 대한 사랑으로 오랫동안 깨어 있는 눈으로 살고자 했다. 그 누군가를 찾으며 이 시집을 낸다. 나의 시들이 세계유일의 평지 분화구인 산굼부리 같은 삭막한 출판 세상에 내놓는다. 강한 부정은 강한 긍정이길 기대 하는 것이다. 제주도의 산굼부리엔 봄이면 다시 복수초가 자라고 사랑이 시작된다. 아직 내겐 세상에 내놓지 못한 시가 여러 편 있다. 기다리다가 나도, 시도 늙고 사라질 것이다. 간절한 바람은 내일의 시는 내일 다시 쓰고 싶다. 새들도 외롭다. 그러나 외골수의 뼈만큼 날아간다. 나도 내 한 줄의 문장에서 날개가 돋아 날아 가기를 바란다. 가벼운 영혼이 되고자 노력하겠다. 처음도 나중도 발문을 써주신 나태주 시인님께 감사 인사를 드린다. 자존감이 높아야 하는데 자존심이 강하여 도움의 손을 잘 내밀지 못하고 살았다. 그러나 이 시집만큼은 예비 독자들에게 고개 숙여 부탁드린다. 사랑스럽게 보아 주시고 좋은 말로 안아 주시라. 지혜출판사 대표님의 수고와 함께 조심스레 내놓는 이 시가 그대들의 가슴에 닿기를 간절히 바란다.

― 봄이 오는 교정에서 박수진

차례

2부

3부

4부

• 일러두기
  한 연이 첫 번째 행에서 시작될 때는 > 로 표시합니다.

1부

밤이면 밤마다

벗은 브래지어를 허리띠에 걸고
신발을 벗어 마이크 흉내를 내고
등에 수건을 넣고 곱사춤을 추며
질퍽하게 노는 여자들
가누지 못하는 자식을 무릎에 앉히고
아침 점심 저녁 죽을 떠먹여야 하는 어머니
교통사고로 다리가 절뚝이게 된 아이의 어머니
이혼한 채 장애 아이 둘을 기르시는 어머니
그날 밤 노는 것은 이런 것이란 걸 보여 주었다
산다는 건 한여름밤의 꿈이 아니다
장애아 엄마와 얘기를 해보면
죽을 때까지 짊어지고 가야 하는 아이 때문에
아이들 보다 하루만 더 살고 싶다는
저들의 똑같은 소원을 가지고
살풀이 하듯 노는 밤
웃음이 깊으면 슬픔도 깊다는 걸
알아버린
밤이면 밤마다를 부른 그날

졸업

서운한 생각이 드는 건
내가 마음을 다했다는 거
내가 조금 더 아파 봐서
내가 조금 더 어둠속에 있어 봐서
내 손을 너에게 빌려줬다
깜깜한 길을 더듬더듬거리며
걸어와 봐서
내가 아끼지 않고
나의 등잔을 들어 보였을 뿐
오래토록
아니
평생을 어둠 속에 있었던
다친 날개를 가진
장애 엄마에겐 졸업은
등잔을 들어줄
다른 사람을 찾으러 가야 하는
이민자이거나 디아스포라이다

너를 보내고

토요일까지 나와 수업을 했던
대중이가 흰 천을 덮고 있다
아이의 휘어진 다리는 새처럼 가늘다
토요일 저녁밥을 먹다
기도가 막혀 요양원에서 죽었다
태어나면서 부모에게 버려진 아이
뒤틀어진 몸을 묶었던 휠체어엔
아이의 궤적이 남아 있다
뇌성마비로 살았던
육신을 화장터에 접수하니
푸르딩딩한 바람이 불고
하늘에서 눈발이 내린다
무심한 척 통증을 누르고 있는데
전광판 시계가 혀를 두르며
살을 태우는 의식을 재촉한다
그 아이와
살아서 보냈던 눈꺼풀의 대화
나에게 보낸
수국꽃 활짝 웃음
벽골당 시계침에 걸려
가슴을 찌른다
그 가벼운 영혼 앞에
연기도 서둘러 꺼졌다

장애인 체육대회

김밥 위에 놓인 단무지와 지단처럼
400미터 달리기 트랙 길이 가지런히 놓여 있다
그 위로 아픔은 맨살에 뿌려진 소금기를
가만히 어루만지는 일이라고 햇살이 가득하다
사랑이 허기져 배고픔이 더 커진
장애아 체육대회에 출전한 아이의 뱃속을
한 계절 채우던 김밥의 힘으로 밀어본다
아픔을 꽃이라 부르는 순간
아물던 상처는 덧난다
무기력하게 아침을 맞는 그 아이의 집에는
배고픔의 딱지를 덕지덕지 붙이고 있었다
그래서 아침마다 준비한 김밥으로
물기 젖은 눈동자를 말려
그 학생의 키를 키웠다
이제는 달리기 출발선에 선 학생이
대회장 바깥 산수유꽃을 떨어뜨리고
1등 2등 3등으로 들어온다
희망은 심장을 뛰게 하는 단물
눈에 맺히는 밥풀떼기 하나
그 아이와 엉켜 팔딱팔딱 뛰면서
눈물 고인 아른한 봄날을 봤다

- 1등 2등 3등 한 아이에게 장학금을 주게 되어 기뻤던
그날

지팡이

아침마다 유리창을 닦아도 뿌연 거리
나는 날마다 그의 형체를 따라 걷는다
기척이 나는 곳으로 고개 드는 주인의 얼굴엔
까맣게 타버린 묵언이 박혀 있다
당뇨로 시력을 잃고
이십 년 바늘귀를 끼워 양복을 만들었던 그는
재단기술을 양복점 안에 걸어두고
아침마다 침술원 앞에서 내린다

그가 찾는 것은 어혈
살면서 돌부리에 부딪힌 자리
눈꺼풀을 깜박이며
자신의 몸에 침을 꽂으며 침술을 익히는 사내
온갖 신경을 곤두세우며 자신의 다리에 침을 놓는다
생은 미간 주름을 세우며
바늘귀에 실을 꿰는 일이라고
하루의 해는
노을을 토하며 기침을 한다
상처가 상처에게 손을 내밀듯
그늘이 그늘을 안고 어둠이 된다
어둠 속에선 누구나 지팡이 하나씩 잡고
자기의 별을 찾는다
점자 블록에서 탁탁 걸리는 별, 별자리

엘리슨 레퍼
— 구족 화가

허공으로 첨벙첨벙
눈에 감긴 옷을 벗으니
겹풀또기꽃 슬픔 짙은 그늘이 있었다
땅거미가 내려앉고 어둠이 밀려오는 곳
팔다리가 없는 여자가 수영을 한다
얼마나 외로움이 깊으면 상처가 날개되는가
파도가 해표지층의 아픔을 핥고 있는 시간
튼튼한 신발들이 출렁대는 부두로
달구어진 섬은 바다를 품고
바다에 꽃을 심는 여자가 온다

아픔의 크기

— 딸기를 씻으며

윗자리를 차지할려고
어쩌면
너도
어둠에서 땅을 갈고
물방울 맺혔더냐
윗자리의 것이 더 예쁘다

아랫 자리엔
작은 것들이 앉아 있다
어쩌면
요것들
햇볕이
그리웠겠구나
쟁반 중간에 놓는다

특수 교사

오후 교실을 순시하다 발견한
똥덩어리
전교에서 제일 잘 먹고 제일 잘 웃는
아이가 실수한 덩어리란 걸 안다
지나가다 아무렇지도 않다는 듯
신문지로 쓰윽 싸서
몰래 버리고 입 싹 닦는 선생님
사연도 많고 타박도 많을 일이지만
우리는 교사
할 말이 별로 없다
씨익 웃으면 그만

단정한 푸념

참 많이 왔구나
일반학교에
자리 잡은 통합교육 아찔했구나
돌아보니 기적이었구나
무모한 용기로 걸어왔구나
흐르는 물처럼 사는 건 참 어려운 것이다
길 잃은 한 마리 양을 찾아 헤매었고
간질을 하는 아이를 허벅지에 눕히고
하늘을 향해 소리 지르는 엄마가 되어야 한다
한 방울 한 방울 모여 물줄기로 흘렀다
그러다
때때로 푸른 하늘 흰 구름 바라보듯 천진난만한 사람이
되기도 한다
그러다 보람으로 오래토록 이 길을 걷고도 싶다

참 아름다운
길

눈꺼풀로 하는 대화

그 누구도 들지 못하는 주저앉은 허리
허리의 마비는 그 무게를
고스란히 타인에게 의지한다
진하디 진한 무게
바람 한 올 세지 않는 벽의 무게
눈꺼풀을 아래로 깜빡이는 건 맞다는 뜻
눈꺼풀을 위로 힘주는 건 아니다는 뜻
아카시아 꽃향기 주렁주렁 열리는
별들의 대화
눈짓으로 마음을 읽다가
살짝 벌어진 입으로 주르르 흐르는 침
해맑게 웃으며 아무렇지도 않게
쓰윽 닦는 엄마
아픈 아들 때문에 특수교사가 된
엄마도 있다

진짜 애인

결혼을 앞두고 전화가 왔다
왜 저를 두고 결혼을 하세요
전화 너머 나지막한 목소리
헤어진 애인 1과 2를 생각한다
그리고
곧 재동이예요라고 하는
첫 학교의 제자
미혼모의 아들로 태어나
세상과 담을 쌓았던 학생
늑대아이처럼 꾀죄죄했던 아이
달리기 내기를 해서 내가 이기면 내 말을 듣고
네가 이기면 네 말을 다 들어주겠다고 했지
결과는 늑대아이 네가 이겼지
그러나 너는 마음을 열었고
만화를 잘 그렸던 너의 재주를 찾았고
애니메이션과로 진학을 했다
선생님 제가 특수반이었다는 말은 비밀이예요
라고 했던 나의 제자
진짜 애인은 결혼을 앞두고 전화를 한다

효자

턱 보호대를 한 발음이 정확하지 않은 효성이
같은 말을 몇 번이나 해야 너의 말을 알아들었다
책상 아래를 기어 다니기를 좋아한 아이
공개 수업시간
책상 밑으로 기어 와
내 치마 밑으로 숨던 아이
시간이 흘렀지
사업으로 아버지가 감옥에 가게 되자
화장품 포장 공장에 취직을 한
효성이의 월급으로
가정의 생계를 이을 수 있게 되었다
유난히 눈빛이 반짝였던 효성이의
효도로 그 엄마는 행복해 했다

오해를 하면 안 되는 아이

한계령의 노래만 불렀다.

야구를 좋아하고 혼자서 다니길 좋아했다

정확한 시간에 앉고 정확한 시간에 수업을 마쳐야 되는 아이

머리 속에 시계가 있다

한번 말하면 그대로 해야 하는

바뀌는 것을 받아들이지 못하는 아이

지하 전철에서 할머니가 운영하는 매점에 들어가서

초콜릿은 초콜릿대로 정리를 해놓고 나와야 직성이 풀리는 아이

달이 바뀌어 지난달로 있는 달력을 볼 수가 없어

모르는 사무실에 들어가 찢고 나와야 되는 그 아이는 자폐아였다

오늘도 전철역 이름과 하루의 일과를 읊조리며

호기심 넘치는 눈으로 이 지구의 별을 구경하는 아이

이 세상에서 제일 행복하다는 듯 그 제자가 전철을 타고 있다

교장 선생님

조개탄을 때던 교실
특수반의 인원은 10명 이내
교실은 크고 아이들은 추웠다
학생들을 데리고 교장실로 갔더니
아랫니가 다 빠진 잇몸을 보이며
환하게 웃는 교장 선생님이
옆에 있는 난로를 선뜻 내어 주셨다
쉬는 시간이면 화단의 풀을 뽑다가
외부 손님이 교장 선생님을 찾으면
부랴부랴 작업복을 입고 교장실로
들어가셔서
학교 기사님으로 오해를 받던
김동수 교장 선생님
돌아가신 지 20년이 되셨다

학생을 기다리며

6번 출구에서 기다리네
내가 기다리는 학생은 지금 뛰어 오네
나를 기다리는 전철은 지금 지나가네
미리 온 학생은 다른 선생님과 보내고
혼자 기다리네
어느 현장학습이건 꼭 한 명은 늦게 오는 법
샤워까지 하고 말갈퀴 머리 날리며 달려오네
출근길의 개찰구는 고양이 눈빛
사람들이 복수를 결심한 듯
획획 사라지네
어깨를 툭툭 부딪히고 달리네
사람들이 달리네
갑자기 텅 빈 광장
뭔가 허전한데 이런 것이었어
뛰어가네
시간 보다 더 먼저 뛰어가네
인생이 뛰어가네

사춘기

매해 마다 새로운 사춘기 학생을 맞는다
사춘기 학생들의 질풍노도속에서
내 속은 익어도 한참 익었겠다
이성에 눈뜨는 학생들
때로는 나에게도 달콤한 눈을 보낸다
그해 반항을 배우는 학생
눈을 흘기며 나를 쳐다 본다

어느 학생도
공짜 없이 지나가는 법이 없다
중 2 학생
내 속을 파먹고 커가는 학생들
한숨 푹푹 쉬고 지나다 보면
어느새
언제 그랬냐는 듯 지나가는 사춘기

길

서랍 안의 서랍 같은 것이어서
그 서랍 안에 든 엽서 같은 것이어서
생각의 생각 같아서
생각은 새 발자국 같아서
미로 속으로 난 길 같아서
파도 소리 같아서
나뭇잎 부딪히는 소리 같아서
부스럭거리는 생은
그 수많은 언어의 모래를 삼키고
말갛게 태어난 해
어제는 늘 아슬아슬한 길이었으니
오늘
아침 햇살로
일단은 걸어보자꾸나

선생님도 혼이 난다

조현병을 앓는 학생은 머리카락으로
얼굴을 다 가리고 다녀서
기둥에 머리를 박기도 했다
둘이서 걷는 것부터 시작했다
담쟁이를 보며
담쟁이 흡착근을 만지고
겨울이면
눈이 덮힌 운동장으로
발자욱을 보며 걸었다
어느 점심시간
드라이브 하고 싶다 해서
학교 근방 500년 된
은행나무를 보여 주고 왔는데
교무실에서 불렀다
무단이탈했다며 잔뜩 꾸중을 하는 교감
선생님도 때로는 꾸중을 듣는다

한글 공부

국가 유공자 자녀였다
한글을 가르쳐도 금방 잊어버리는 학생
학생 이름 한 자 한 자 조합해서
글자가 된다는 걸 가르치고 또 가르쳤다
어느날 출근을 해보니
시멘트 벽돌인 학교 담장으로
죄다 내 이름을 적어 놓았다
화분이란 화분에도 모두 내 이름이었다
나의 유명세는 그때가 최고였다
학교 통째로 내 것이 될 뻔했다

가정방문

하남시의 어느 비닐 하우스 집
비닐 안으로 들어 갔더니
방이 있고 냉장고가 있고
씽크대 위로 밥솥이 있고
처마가 있을 리 없는 하우스 밖
건조대 위의 빨래들이
비에 젖고 있다
아버지의 피부 종양이 유전이 되어
장애아 아들 둘도 앓고
어머니마저 아프다
방송국에 사연이 채택되어 도움을 받게 되었다
방송국 피디랑 방송을
찍고 있는데
압력 밥솥의 추가
치익 치익
거세게 흔들리고 있다

육개장 끓이는 엄마

가마솥에 육개장을 끓여
동네 식당을 운영하는 어머니
집 나간 남편을 기다린지 5년
시어머니와 병환 중인 시아주버님을 함께
모시는 이 엄마
가마솥만큼 마음도 큰가 싶다
공병이며 종이며 주워서 살림에 보탬이 되고자 하는
시어머니 마음 안다며
장애 아들이 애처로와 더욱 열심히
일하시는 엄마
허리 둘레 둥굴 둥굴
얼굴도 둥굴 둥굴
육개장 양념 휘이 휘이 섞이도록
둥글게 둥글게
세상을 산다

쵸쿄개와 하늘이

쵸코개는 어미개
검은 개라고 쵸코개라 합니다
하늘이는 쵸코개가 낳은 새끼입니다
하늘이 형제들은 다 분양이 되었습니다
가장 약해
집에 데리고 있게 된 하늘이가 이상합니다
악어 인형 꼬리만 보면 발정이 되어
그곳이 커다랗고 빨갛게 됩니다
그러면 수연이는 그곳을 어루만져 줍니다
중간 손가락을 치켜들며 이만한데
만져주면 그곳이
작아진다고 설명을 합니다

아름다운 엄마

유난히 눈이 작고 야무진 입을 가진 송이는
보청기를 하고 있다
잘못을 지적하면 갑자기 눈물을 뚝뚝 흘리며
상황 연출을 한다
그러나 다행인 것은
엄마가 선생님을 믿어 준다는 것이다
영리하고 손재주도 있어서
뭐든 잘하는 송이
말썽도 최고였다
그러나 다행인 것은
엄마가 선생님을 믿어 준다는 것이다
입양되었다가
장애가 있다 걸 알고 파양된 송이를
남편의 이혼소리까지 잠재우고
입양한 송이 엄마
문제 행동도 무단히 많았다
끝까지 참고 기다리고
끝까지 키워서
요리사로 만든 송이 엄마

2부

도서관 앞에서

그림자로는 칼날을 만들 수 없다고
억울해 하는 그늘로 짱짱한 햇볕이 풀어진다
뜨거운 긍정의 책을 읽으란 듯 햇빛이 여러 장 넘어갈 때
다 읽지 못할 그늘이 나뭇가지에 걸려 파르르 떤다

지리멸렬의 바닥에서 꿈틀거리는 애벌레 한 마리
이번 생은 어쩐지 초대받지 못한 손님이어서
저 중심으로 내달리지 못할 것 같은 예감으로
헤픈 웃음 더 많이 풀어 놓는 광장
책 뒤에서
침엽수 나무 휘몰아쳤던 울음소리를 듣는다

비뚤게 꽂힌 불편한 책은
받아들이지 못해 내뿜는 나의 한숨
맨발로 걸었던 콜타르의 끈적임 같은 기억
절벽으로 뛰어내리고 싶었던 전생 때문이었을까

의심이라곤 하나 없는 햇볕은 행간의 주름을 펴며
빛 한 장 툭 떨어뜨린다
한 장 두 장 떨어져 소복이 쌓이는 난해서
햇빛 속에서 날개 퍼득이다 지친
빛은 명도 낮아지는 오후로 저벅저벅 걸어간다

조각보 사랑

내 사랑은 작은 땅에 피운 꽃
서로의 눈빛에 흔들리며 길을 내고
서로의 몸짓을 안으며 아랫목을 만든다
사는 일이 솔기를 잇듯
어깨 어느 부분 박음질 되는 것인지
어긋난 곳을 돌려 보면 등이 당긴다
모서리를 덧대다 고개를 들면
시침핀에 긁힌 손등
바늘 끝에 이슬이 맺힌다
텃밭에 일구어 감친 울타리
솔기 뒤집듯 저녁놀은
무명실도 금빛으로 물들인다
항아리뚜껑에 자리한
자잘한 꽃이 바람에 떠가면
방석을 내밀듯 무릎에 앉는 안식
제 빛을 다스리고서야 물들일 수 있는 곳이라고
뜰엔 색동 꽃들이 핀다

망초꽃

기다림이 넓어지는 강가에 서 있네
돌아가야 하는 자전거 바퀴를 세우면
욕심 거둔 유채꽃 자리에
사방 천지 망초꽃 무덤진다
화살촉 쏟아내는 유월의 강가
강가에선 무법자가 되어도 좋으리
굵은 바퀴 통통 튀어
시위 먹은 말처럼 달리네
그 옛날의 언덕을 달리듯
자전거 달리면
길이 비켜 풀이 기울고
긴 허리의 망초 휘어지면
은빛 그리움이 헤엄쳐
강 속의 물고기도 일어선다
망초 피는 강가에선
그대 가슴으로 무단 횡단해도 좋으리
무법자가 되어도 좋으리

* 중랑천 문예대전 장원 수상작.

3월

마초남에게도
애인이 생기는 3월입니다
마차가 지나가면
꽃이 핍니다
우유 짜는 아가씨 콧노래에
태양의 꽃이 핍니다
이른 아침
새가 앉은 곳에
초록이 입을 내밀고
하품을 하는 정오엔
두더지도 눈을 비비고
곰도 가방을 메고
냇가에 서는
3월
어째서 꽃시계는 시간을 알고
일제히
댕그렁 댕그렁 울리는걸까요

인사동 난데없는 대나무 숲

그들이 뱉고 간 말들은
나의 귓밥을 뚫지 못하고
윙윙거리다 떨어지는 톱밥
털어내느라 나는 허공에 발을 딛고
한참 걸었다

그 흔한 상처를 내보이고도
꿰맨 실 자국을 당기지 못하는
눈 먼 손바닥
태우고 싶은 것은
담배가 아니라
시커멓게 타는 그리움이다

오래 기다렸음으로
의심은 깊다
툭툭 뱉던 말들이 빗방울 된다
빗방울 떨어지자 새들이 날아갔다

새가 날아간 자리
매미가 울음을 풀어 낸다
매미 날개에 내 눈을 감춘다

>

서로 다른 곳에 앉아
제 소리로 울던 새들이 날아간
푸른 강물이 흐르는 하늘
기댈 곳 없는 언덕, 바람의 몸부림이었다

억새처럼 피어라

유혹의 눈빛
날갯짓 멈추지 않으리
모두 떠난
먼 들판의 꽃송이로
차가운 계절을 덮으리
내 몸 속을 더듬어 보면
사각사각 울음이 고이고
지난 시간
고요로 앉았는데
어디서
싸르락 싸르락 내리는 눈발
차가운 얼굴 돌려 보니
서두르는 발걸음
회터로 가자
모든 것이 사라졌을 때
환하게 흔들리는 억새의 소리
마른 뼈꽃이 되었다

바다 1

바다로 가면
바다가 배경이 되고
모두 주연이 된다

철썩이는 푸른 몸짓에
슬픔을 묻을 수 있어
모두 가벼운 바람이 된다

외로움을 등지고
등대가 되어
말없이
가슴으로 길을 만들어 온다

바다 2

꿈꾸지 않는 바다는 없다
기다린 듯 파도가 뛰어온다
끝없이
쓰고 지우는 너의 연서
파도를 안으며 지친 바위는
모래가 되었는데
끝까지 키스를 남기는
순정
모래바람에 지친 갈매기도
바위로 내려앉는 하루

바다 3

바다에 가서 물었지
꿈이 뭐냐고
소금 맛을 잃지 않는 거라 했지

파도에게 가서 물었지
하얗게 쓰는 게 뭐냐고
고운 말로 꿈을 적는다 했지
고운 모래밭을 만들어 놓고
우리의 발걸음을 인도했지

바다에 가서 물었지
쉬지 않아 지지치 않느냐고
엄마 심장 소리 잊은 나에게
심장 소리 들려 줘서 기쁘다 했지

꽃신

봄이 보고 싶다고 했다
병원 울타리에서 개나리 목련 꺾어 왔다
아무도 안 보이는 곳
산 속의 꽃이고 싶었다는 엄마
병원 오기 전
보따리에
옷이며 이불이며
먼 길 떠날 채비해 놓고 오신 엄마
나는 그것도 모르고 병원 밥 남긴 거 잘도 먹었다
큰 딸에겐 금가락지
셋째에겐 목걸이
나는 사 놓고 신지 못한 신발을 챙겼다
엄마의 길을 가겠노라고
엄마가 못다간 길을 걷겠노라고
신발을 가졌는데
나는 자주 넘어지고 자주 비틀거렸다
십 년이 지나서야 엄마의 신발을
도봉산에 내려놓았다
그날 밤
엄마와 아버지가 꿈에 오셨다
너무나 늦게
맨발이셨던 엄마가
꽃신을 신고 아빠와 떠나셨다

어제의 노트

오리지널도 없고 원조도 없다
이미 창조해 버린 꽃 핀 정원에
더 심을 거 없는 완벽한 지상
결핍은 사치다
태어나고 싶지 않았던 시간은 흘렀다

쉬려고 하면 낭떠러지
보이지 않는 곳은 어둠이었다
근심 하나 세월에 맡기지 못하고
한때는 물결이었고 거품이었던
늦은 귀가길
내게 있는 건 이루지 못한 꿈
별을 바라봐도 몽상은 없고
튀밥처럼 부풀린
허황된 말이 도둑처럼 걷는다
사람이 만든 섬에는
상처뿐인 새들이 서로의 깃을
쪼아대고 있어
정전 없는 별나라에 닿는 길을
찾느라 나는
어둠 속으로 걸었다

시계

넌 동쪽의 시계탑에서 기다리고
난 서쪽의 시계탑에서 기다리네

넌 이별을 하기 위해 기차를 탔고
난 사랑을 위해 우체통 앞에 서 있네

그때 오른쪽 방향으로 걸어갔더라면
달빛을 따라 걸었더라면
새벽안개 자욱한 전나무 숲에서 만났을까
그리움의 계절과
무릎 꿇고 싶었던
사랑
사랑

허공을 할퀴는 시간
서쪽의 시계 앞에서
동쪽의 그리움으로 서 있다

산굼부리에서 사랑을 읽다 1
― 세계 유일의 평지분화구

사랑이 뭔지 아니
심장이 고장이 나는 거야
그래서
심장을 150그램씩 떼 주는 거야
두 명에게만 나눠 주는 거야
봐
첫사랑, 마지막 사랑
사랑에도 이름이 있는데
사랑에도 분량이 있는데
사랑이 과열되면
산굼부리처럼 터지기도 해

산굼부리에서 사랑을 읽다 2
— 세계 유일의 평지분화구

심장이 터지면
심장이 굳어서
다시는
사랑이 없는 줄 알았는데
그곳에
다시 봄이 오면
복수초 사슴
깃드는 곳이라고 꽃이 핀다
선녀 같은 여자와
남은 세월 사는 거라고 속삭인다
그야
진짜 심장을
가진 사람만 해당하지
사랑이
가난하다는 걸 아는 사람에게
찾아오는 게지
구멍 숭숭 난 곳 쓰다듬어
줄 줄 아는 사람이어야 하는 게지

엘리제를 위한 시

엘리제
눈이 맑으면 눈물이 많은 거란다
사슴처럼 하늘을 치어다보다
여윈 목에
오늘 스카프를 둘러 주고 싶다
엘리제
엘리베이터로 올라가는 자는
은밀을 꿈꾸지만
구멍 숭숭 난 철계단을 오르는
우린
바람을 꿈꾸고 등을 내놓는
아픔을 이겨야 한단다
한때
나는 빛나는 모든 것들을
발로 차고 싶었다
엘리제
욕을 하게 하는 세상에 나도 함께다
고로 나도 욕을 한다
단지 비겁하게 숨어서 말이다

12월

고맙습니다.
떨고 있는 바람이 아니어서
스크린에 적어놓은
멋진 시어들을 안고
새벽 전철도 도망갑니다
기다려 주는 이 없는 이곳
그래도
길 잃지 않아 고맙습니다

사랑은

사랑은 짐을 들어 주는 게
아니라 마음을 들어 주는 것이다
사랑은 내 마음에 등불이 켜지는 거
어둠 속에 빛이 켜지는 거
겨울에도 72도의 체온 속에
상처를 녹이는 것이다
사랑은 지상에서
아름다운 꽃을 같이 가꾸는 것
선인장 잎에서 가시를 뽑고
꽃이 피게 하는 것이다
내 심장에 산소를 넘치게 하여
지평선 끝까지 뛰게 하는 것이다

봄

봄은
엄마의 늘어진 젖가슴
우는 아이도 달려 온다
쑥
냉이
미나리
이파리 디밀며
보고 싶은 얼굴
쑥쑥 솟아나는 봄이다

다시 사랑 1

낯선 남자가 짙은 눈썹을
떨구고 갔다
며칠째 짙은 눈썹을 찾는다
자두를 물고 살구의 맛을
기억하는 혀처럼
왼쪽 가슴이 오른쪽 가슴을 아프게 했던 사랑
매번 바보가 되게 했던
사랑이 오면

꿀꺽꿀꺽 삼켜야 하는
그리움이 오면

순간순간이
알알이 베여

한쪽 모서리
침 고이는 사랑
나뭇가지 무거워
너 짙은 눈썹 떨구고 갔구나

3부

다시 사랑 2

당신이 좋아하는 별을
따 올 수가 없어서
시를 씁니다
당신이 보시고
기뻐해 주면 참 좋겠습니다
여태 당신이 많은 별을
따 주셨습니다
힘 내세요
잘하고 있어요
이 말들이 별들이어서
내 눈에 내 마음에
별빛이 고입니다
이제
사느라 애쓰는
또 다른 나의 당신들이
이 별에서 아프지
않기를 바랍니다
개망초꽃 달맞이꽃 피는
낮과 밤
별천지 꽃천지인
이 지구별에서 행복했으면 좋겠습니다

아쿠아리움 버스

푸른 빛 오래 담아서 서로 닮은 하늘과 바다
네 눈엔 침묵이 가득 흐른다
태생도 낡은 가문이라
한 줄로 설명될 수 있는 약력에 불과하다
바다에서 건져진 슬픈 이름
투명한 어항 속을 허락 받은 유영물
손잡이를 놓치면 튀어 오르다
바닥으로 쓰러지기도 한다

구피 같은 여자가 나의 어깨를 툭 친다
뻐끔뻐끔 물방울 터트리며 웃었다
다리에서 비릿한 비늘이 떨어진다
바다를 꿈꾸다 투망에 걸린
화려한 어종으로 꽉 찼다
먹지도 못하는 관상어
같은 어종들이 손을 잡는다

낚시

미끼에 걸린 물고기
파닥이던 몸뚱이에서
진혼곡의 육필이 시작된다

새우깡 한 봉지에 묻은 새우의 양은
새우 다리 정도
그 맛이 하늘을 꿈꾸고 바다를 경작해야 하는
갈매기의 다리를 꺾기도 한다

시간 속에 또 다른 시간이
흐른다는 것을 몰라
시간을 드리우고 미끼 던지는 자에게
당할 수밖에 없는 많은 물고기
떼거리는 또 다른 떼를 모을 수 있다는 것을
터득한 상술은 바다의 별들을 모은다

어둠 속 유혹의 찌들과 흥정하는 꾼들
바다가 삼키기 전까지
바다를 포기하지 못하는 저 짜릿한 손맛
들끓었던 자리엔 구멍이 웅성인다
상처를 동여매는 파문이 멀리 퍼지면
바다엔 경작되지 않은 허공이 펼쳐진다

봄은 남사당패처럼 온다

봄은
추운 사람들을 위해 온다
곰방이쇠* 넙죽넙죽 숙이는 등으로 온다
부글부글 끓는 속앓이 잊고
세상 한바탕 덜미 잡자고 온다
색동저고리 입은 사내로 온다

마을 어귀로 들어서는 꽃나무들
덩실덩실 넘어가는 추임새
목련꽃 버선 신고
꽃나비야 무등 타고 놀아 보자
상쇠*야 구름 바람 몰아
꽃비 한번 휘몰아보자
징 장구 북 날라리 치며
꼭두쇠* 고깔모자 휘두르자
후루루 쏟아지는 꽃잎
봄은 개벽이다

* 곰방이쇠 : 마을에서 판을 벌여도 좋다는 허락을 받아 오는 사람.
* 상쇠 : 꽹과리 연주자 중 기예가 가장 뛰어난 사람.
* 꼭두쇠 : 남사당패男社黨牌의 우두머리.
* 길잡이 : 길을 인도해 주는 사람이나 사물.

교사의 일기

고개를 갸우뚱하는 사이
나뭇가지의 나뭇잎이 물들었다
시간의 틈새도 허락하지 않는 잡무
형광등 밑 노랗게 자라는 콩나물에
무럭무럭 양식을 먹이고
업무에 지쳐
분필 가루로 날리는 기침
종소리는 누구를 위하여 울리나
귀한 자식 잘못 건드릴까 조심하고
버릇없는 태도에 한숨지으며
수업 진도에 쫓기던 바퀴가
물음표를 적는다
담장 안에선 줄을 서는데
저 밖에는 세찬 바람이 분다
손톱만큼 자라고
넝쿨 나뭇잎처럼 함께 자라는
내일의 보증 수표들

한 선생님 결혼식 날

분홍 매니큐어가 어색한 흙손
촌부의 신부 측 어머니
초라한 신부 쪽 식구들

한 선생 너도 울었지만
나도 울었다

밤10시까지 학교일 하면서도
초과 수당 하나 챙기지 않고
달마다 학급신문 만들고
매주 좋은 시 읽어주던
개천에서 난 인물
얼굴도 예쁜 당당한 선생님

가난하지만 옳은 것을 아는
우린 슬퍼하기엔 이르다

나는 한 선생 네가 당당히
학생들 앞에서
아버지가 탄광촌 광부였다고
초등학교를 나오지 않아 글씨를 모른다는
어머니를 떳떳이 말할 때가

가장 스승다웠구나

가난하지만 정직하고
올바르게 살아가는 것이
진짜 힘이 되는 세상은 언제
만들어지는 것이냐 선생아

내가 가는 길

버스를 기다린다
내가 갈 곳은
저 마을
햇빛은 보푸라기 일으켜 날아오른다
내가 기다리는 것들은
모두 초조하게 하거나 애타게 하는 것
몸 하나
버스에 잠시 얹는 것인데
낯선 눈빛을 스치는 것인데
손에 멀리 있는 꽃이었다는 듯
왜
비틀고 목마르게 하는가
등 뒤에서만
푸른 핏줄이
툭툭
햇빛을 받아먹는다

들꽃

싸릿대 울타리
밀고 들어와
순한 빛의
노을이 어깨를 내리면

두려움을 모르는 식구가
하나 둘
가만히 앉아
하얀 밥알을 피우는
엄마의 둥근 밥상

기억을 더듬는
무릎 낮은
보리 익는 마을
앉은뱅이의 생각이 자란다

난전

구석테기에 앉아
이리 뒤지고 저리 뒤지고
요기조기 티끌 떼고
다듬고 또 다듬고
고랑에 싹 틔우듯
푸성귀 다듬는 난전의 여자
손가락으로 톡톡 때리면
숨죽어 있는 푸성귀 잎이
죽어 있는 시어들이
물오른 청어가 되어
당신의 눈길을
당신의 손길을 탈 수가 있을까
소쿠리 소복히
담겨져
쪽두리 쓰고
기다리고 있잖아요
옛날 여자 같이
엉덩이 무거운
여자로 앉아
시 쓰는 여자

아리바다들은 전철을 탄다

젖은 모래를 이고 모래밭을 건너는
거북이 새끼처럼 비가 와도 전철을 탄다
하루치의 먹이를 구하러
빈 가방을 들고 지하 계단을 내달린다
달리는 속도에서 찾아오는 안도감
신문지에 묻은 광고를 보는데
노인이
버린 시간을 거둬들이듯
폐지를 모은다
지난 사건이
저 노인의 저울로 계산되어
몇 장의 지폐가 된다
전철이라는 방주 안
사람들의 시선을 당기는
그의 꿈은 또 어느 지점의 신호에 걸려
배춧잎처럼 허물어졌는지
사람이 흘린 먹이만 먹다가 절뚝이게 된
도시의 비둘기 발에는 입이 없다
새벽에 갓 건진 노인의 빵부스러기 따라
전철 문이 열리고
비가 내리는 밖으로
수많은
아리바다의 거북들이 밀려 나간다

보톡스

치사량을 넘지 않을 만큼 독을 주세요
팽팽한 얼굴
탱탱한 가슴 적셔 주세요
치사량이 넘지 않을 만큼의 사랑이 가고
독을 남기네
푸른 독이 빛을 내네

가슴에서 굳어지기 전에 흘러야 하네
사랑만큼 독한 게 없어
사랑도 습관이 되고
아픔은 독이 되고
잠들지 않는 사랑은
파랗게 흐른다

부추꽃 요양원

울타리 능선 철조망 아래
버려진 뻐꾸기 시계
산모롱이 돌아
둥지 향했던 초침이 쉬고 있다

지팡이 받치고
햇빛과 뜨개질을 하기 위해
낡은 옷들이 담벼락으로 등을 굽힌다

간혹 찾아왔던
방문객처럼
뒷걸음질치며 달아나는 바람

오르던 저 아래
하고많은 잔상 속에
철퍼덕 자리 까는 것은
꽃잎 떨어지는 통증

어느 자식이 병든 몸 좋아하겠느냐
가루의 약 꺼내며 여기가 편하다고
검버섯 같은 말의 온점을 찍는
시간 밖에서 손 흔드는 저 노인

＞

부추꽃 머리 들어
고향집 둥글게 말아 언덕에 묻었나
어머니들이 앉아 있다

붓꽃

오늘은 키워온 가슴을 열고 싶다
날 세운 잎 사이로
붓 하나 세우고 싶다
잉크 빛 눈물 뚝뚝 흘리며
하늘에 닿는 글 하나
물빛에 비치고 싶다

지하방

한줌의 햇빛이 싹을 틔우는 곳
머리 위로 하늘을 두고
높은 곳에 꿈을 띄우는 곳
그곳에선 풀빵 반죽처럼 손을 잡을 줄 안다
어린아이 재워놓고
밤일 가는 젊은 아낙은
삶이 그런 것이라는 걸
빨리 인정해 버렸다는 듯
복잡한 표정이 없고
누구랄 것도 없이 벽을 마주한 방에서
따뜻한 가슴들이 그 아이를 키웠어
열다섯의 사람들이 들락거리는
화장실에선 연신 모터기가 돌아가고
쥐가 깜짝 놀라는
속임수 없는 성실의 날이 자랐지
공사판 일용직인 부부는
둘이 하나인 것처럼
어깨를 나란히 퇴근을 했고
아이 셋은 낮 해처럼 밝게 웃었어
햇빛이 사다리를 놓아
지하 사람들이
높은 계단으로 모두 올라 갔을까

정작 사람들은 지상에서 길을 잃어버렸지만
햇빛은 아직도 계단을 내려간다

초록궁전

햇살을 레이스 실 삼아
이른 아침부터 짜 놓은
초록궁전으로 놀러 오세요
숲 속으로
푸른 말을 타고 오세요
오늘이 가기 전
쇠뜨기 풀을 뜯어
마술에 걸린 왕자의 윗도리를 짜면
손바닥 손금엔 풀물이 들고
호미는 말발굽을 찍어요
잠깐씩 잎맥들이 쓸리기도 하지만
동네 입구 느티나무의
수수께끼를 풀다 보면
햇살 고요히 지키던 빈 집에선
초록 호박 펑펑 열리기도 해요
초록궁전으로 놀러 오세요
어서 오시겠어요

연

나는 바람의 아들로 태어났기에
애초 탯줄은 불안했다
어두움을 만지며
차가운 바닥으로 곤두박실쳤고
다시 바닥을 딛고서야
빛은 친절을 베풀었다
날아야 하는 저 허공의 아찔함
파르르 떠는 모습을 감추기 위해
속으로 더 당기는 주먹
끊어진 얼레보다 두려운 것은 풍향을 잃는 것이다
뒷발을 들고
날기 위해 시퍼런 댓살을 세운다
나를 허공에 세우는 것은 언제나 뼛속의 허기였다
보이다 다시 멀어지는
저곳은 하늘이다
불안한 뿌리를 가진 내가
선택하는 절명의 몸짓
내가 살다 가는 이유를
하늘에 적고
오늘도 허공을 부유하며 바람을 품는다

돌아보면 다 봄이다

발자국마다 꽃을 심었다
당신이 밟고 간 내 가슴에
지천으로 꽃 무더기 핀다
아무래도 좋다
거품 끓었던 시절
한때는 제 열꽃도 원망이었을 때
금지구역을 넘나들며
은밀한 내통과 반역을 꿈꾼
불온한 전사였다
지나간 흔적이지만
어느 추운 날
옷깃 여미며
떠올릴 사람 하나 없는
쓸쓸한 나의 생은 아니었으므로

배꼽

태어나면서
만든 흉터
사랑이 흐르던
그 깊은 구멍 메꾸는 게
이렇게 아플 줄이야
나 아직도 침을 꽂고
아파한다
아직도 아물지 않은 배꼽
함부로 만지지 말 것

꽃이 전하는 온기

꽃은
꽃잎 하나가 숨겨 둔 마음
하고 싶은 말로
내일이 늘 수줍다
피워서 할 말이 있는데
그래서 내일이다

기다리는 마음이
향기가 되어
내일을 기다리는 가슴에
붉게 물들였다

나의 바램

내가 길을 떠나거든 매어 놓지 말거라
나는 바람이 되고 싶었다
내가 혼잣말을 해도 들으려고 하지 마라
새처럼 지저귀고 싶었다
내가 혹시 해를 끼치거든 바위로 눌러 두거라
나는 누구의 가슴도
누구의 마음도 아프게 하고 싶지 않았다
누구의 사랑도 훔치지 않고
오로지 나의 사랑만 지키고 싶었다
오로지 나의 길을 지키고 싶었다
죽은 후 내가 무엇을 했는지 묻는다면
사랑하는 일에 열심이었다고 말해 다오
가져 갈 것 없는 세상에 와서
무궁무진한 사랑만 했다고 말해 다오

단풍잎

여행권 한 장
네 손에 쥐어 주지 않는 세상일지라도
일년동안 수고 했었노라고
어깨 토닥이는
단풍잎
당신 손에 떨어집니다

4부

단풍

가을이라서
사랑을 나눈 거야
성냥개비가 되어 그어지고 싶은 거였을 뿐야
전쟁터의 전사처럼 불을 나누거나
물의 요정처럼 물을 나눈 것이니
확 지르고 돌아와서
겨울처럼 살아가면 되는 거야
불붙은 나뭇잎
속눈썹 떨고 있는데
안아 줄 수밖에 없잖아
괜찮아 가을이야

꽃이 지고 가을이 온다

꽃 피울려고 나는 왔다
한철 꽃이 된 나는 꽃 핀다
후끈후끈 핏줄 올리며 꽃 핀다
질 것을 잊은 채 활짝 폈음으로
피웠음으로 질 것을 기억한다
한여름 강가의 돌들도
햇빛을 빨아 부시느라 등이 반짝였다
강물은 강물대로 흐르느라
잠자리 날개로 강가에 모이는
코스모스의 꽃을 보지 못했다
많은 이별에게 구멍이 뚫린 가을 하늘은
반짝이는 별을 심기 시작한다
고요가 깃들면 꽃잎도 날고 달빛도 부서지는데
수천 개의 꽃잎으로 띄웠던 여름 땡볕
보지도 듣지도 못한 듯 강을 등진다
사랑을 안고 달빛을 건너는
코스모스만 흔들린다

다시 가을

지난 시간을 잘라서 스물아홉
떠나간 애인이 다시 내 앞에 서는 가을이다
거리에서의 얼굴처럼
만남이 얽히던 시절
내가 나인 줄도 모르고
젊음이 아름다움인 줄도 모르고
속옷으로 흐르던 생리
옥탑 방 햇빛에 걸었던 시절
가난한 유래의 모서리에 걸려
헛발질로 꿈을 깨곤 했다.
나를 두고
구름을 뚫고 날아가는 비행기
애인을 실은 하늘은 높기만 했다
발바닥 아픔쯤으로
눈감고 십 년
다시 내 앞에 서는 가을
다시 떠나가는 계절

기상 예보

오늘 기상 예보는 펑크입니다
내 몸 울림통으로 흘러드는 저기압
금방이라도 떨어질 것 같은
회색 구름
일곱 개의 현에는
떨어진 꽃잎의 꽃물이 들었습니다
빗줄기 빗줄기——
외줄 전선에 앉은 새
온몸으로 떨고 있습니다
예보를 다 믿은 것은 아니지만
미궁 속에서 행복했습니다
계절이 빛깔을 읽다가 젖는 시간
이제는 깃을 털어야 합니다
해바라기꽃 언제 피나 기다린 적 없는
창밖은 언제나 비입니다
오늘 기상 예보는 펑크 중
언제부터 장마인지
어디까지 저기압권인지
예측 불가능한 내일은 비창입니다

애기똥풀의 기억

징하디 징한 몸을 문질러도
대궁 분질러진 애기똥풀의
흔적은 지워지지 않는다

아직 먼 길 남겨 둔 채
꽃은 이리 쉽게 진다
너의 웃음과 눈빛
누군가의 곁으로 가고 싶은 향기가 넘친다
꽃 잉걸보다 더 흐려지는
꽃그늘에선 할 말이 쏟아진다
한 번도 피우지 못한 사랑이
무릎 까져 피를 흘린다
이 세상 철창을 열고 날아가면서
깃털처럼 떨구고 간 너의 목소리
네 웃음이 노랗게 흐르고 흘러
나는 오래도록 빈혈을 앓았고
대궁을 꺾으며 쓴 너의
유서와 같은 시를 오래 읽는다

길을 묻고 싶은 당신

그대여 길을 묻지 마라
애초 길은 없었다
네가 서 있는 그곳이 길이다
한 곳에 오래 깃들면
그곳이 길이 된다

나는 놓친 기차 뒤에
털썩 주저앉아
숨을 몰아쉬는 짐승으로 살았다

나에겐 슬픔이거나 아픔이거나
타인의 고통까지 안아야 하는
모천이 시작되는 배꼽이 있었다
뜨거워서
고장 난 배꼽

어쩌랴
마음을 잃지 않고 걷기엔
길이 멀고
비장하게 살기엔
내 가슴은 뜨거웠노라

새들도 외롭다

바람을 의지해야 하는 운명이지만
세상의 바람을 믿진 않는다
날개의 크기만큼
바람의 세기만큼
외골수의 뼈만큼 너는 날아갈 것이다
하늘의 푸른 빛에도
바다가 뒤집는 공포에도 너는
한 줄의 문장을 놓지 말아야 한다
내 한 줄의 문장에서 날개가 돋아
날아야 하니
세상의 친절함을 믿지 않는다고
모욕을 하더라도
너는 날아야 하느니
가벼운 영혼이 되고자 하면
너의 뼈는 텅텅 비어야 한다

제비꽃

햇살이 산등성이를 넘어오다 무릎 깨던 날
성실했던 저의 사랑을 받아달라고
보랏빛 입술 앙다물고 서 있는 그녀
기다리지 못할 사랑은 없다며
짧은 울음
잠깐의 고독이었다며
세상 문턱에서 터트리는 고백
목 꺾는 그녀의 편지에
자꾸만 눈이 아프다

죽은 시인의 사회

삶을 경건하게 살고
삶을 죽음처럼 살고
삶을 전쟁처럼 사는 사람들 앞에
시부리지 말아라
손가락 마디에 손바닥에
시줄 보다 더 함축된 언어를 품은
사람들 앞에 시시한 소리는 하지 말아라
과잉 감성에 들떠 노래교실쯤
되어 버린 시인학교
시를 위해 목숨을 버리고
조국을 위해 시를 버리고
사랑을 위해 시를 안는
삶을 시인처럼 살아야 시인이다
사람들 앞에 알아듣지도
못할 시시한 소리는 하지 말아라
얼굴 고랑에 시어를 심은 사람들 앞에
덧 쓴 모자 쓰고
어려운 말이랑 글이랑 뿌리지 마라

인생아 무겁니

밥 한 숟가락 입에 물고 눈물 한 방울
밥그릇에 떨어뜨린다

그렇하게 눈물 머금고
세상을 보라

참 속 시원한 세상이 된다

눈물 젖은 밥을 먹고 나면
한 방울의 눈물보다 가벼운 세상

인생아 무겁니
젖어야 빨랫줄 같은 세상에 살 수 있다

피붙이

이 생의 돌밭에
태어나 형제의 이끼를 끌어다 덮었다
팔을 벌려 받쳐 주는 나뭇가지처럼
너의 받침으로 나의 나뭇잎을 피웠다
땅밑에서도 나의 뿌리는
너의 물기를 빨아 올렸다
첫 꽃이 되어
먼저 곁순치기 되어서
너의 길을 밟고 내가 성큼 성큼 걸었다

어쩌다 우린 이 땅에서 이리 깊이
어쩌다 우린 이 땅에서 이리 오래
어쩌다 우린 이 땅에서 이리 사랑스럽게 바라 보는 것이
냐

어쩌다 우린 이렇게 사랑해야 함에 등을 돌린 적 있고
어쩌다 우린 이렇게 오래 오래 그 울타리에 갇혀 울기도
했느냐

시인의 딸

풀잎을 흔드는 바람이야
어디서 언제 왔는지 모르는 존재하는 바람
풀잎에도 베이는 여린 심장으로 깊은 우물을 길어 올리는
홀로 감당이 안 되는 사람
외로움과 고독을 짊어지고 가는 뒷모습에는 늘 슬픔이 묻
어 있었다
산이거나 나무가 아니고 큰소리만 펑펑 치는 허풍쟁이였
고
여자의 치마폭에서 얼쩡거리는 어린애였다
아버지는 그냥 술 먹고 고함치고 잤다
풀과 바람과 여자, 이웃을 사랑하고 어울리고 싶어 하던
철부지
나무 막대기 하나 꽂을 땅이 없다고 한탄하다가
시를 쓴다고 멋진 글씨를 책고랑에 뿌리기도 했다
목숨도 그렇다
해로운 술과 담배를 끊을 줄 모르고 퍼마시다가 아무데서
나 자는 들개
아니 풀 여치였다 아니 길을 잃고 아무데서나 오줌을 싸
는 아기였다
시인의 딸로 태어난 나
전사가 되어야겠기에 가슴을 내놓고 사냥을 나갔다
그러나 가슴을 다치고 처참하게 돌아왔다
아버지는 시인이었다

대추차

대추도 꽃잎으로 떠오른다
소매돌기 돌 즈음
한쪽 뺨 붉어졌다고
긴 장대에 맞고
후두둑
후두둑
땅바닥으로
탱탱한 얼굴들 멍이 들었다가
오늘은 꽃잎으로 다시 떠오른다
배꼽 붉게 타올랐던 대추와 목젖 뜨거운 내 열망
제자리에서 우려내어
차가운 내 잔 다시 채운다

해바라기

당신의 눈동자 안의 눈동자
포도씨 같은 눈동자가
내 가슴에 박혀 싹을 틔웁니다
당신은 무심히 보낸 눈빛이지만
내 가슴은 잊지 않고
벽을 짚고 어둠을 타고 대궁을 올립니다
무릎 튼튼히 세우며 당신에게 갑니다
당신의 방문 앞 9월의 달빛으로 서 있습니다
이제 당신이 시들어 갈 즈음
수많은 꽃들이 피어 있는
방문 밖 키다리 꽃을 보십시오
심장이 타 버려서
생각이 깊은 꽃
까만 이를 드러내고 웃는
저를 바라 봐 주세요

이름 1

제 이름을 불러주세요
온 하루치의 정성을 모아
제 이름을 불러주세요
나는 내 이름이 불릴 때
온 정성을 다하여
사랑스럽게 불리길 바랍니다
다알리아 마아가렛 목련 민들레라고 부르듯
정성을 다해 불러주면 좋겠습니다
저 수많은 꽃들이 나를 향해 피고
내 이름의 배경이 되고자 하는 것이니까요
내 이름을 부르면
그리움의 향기가 배어 있으면 좋겠습니다
소녀가 자라
지금은 걸걸하고 퉁명한 오리로
변해 있다 해도
한때는 우주에 하나뿐인 옥이, 숙이었습니다

이름 2

민들레꽃 같은 네 이름이
눈동자 되어 하나 둘 켜지면
온 우주가 환해집니다
그들의 웃음이 내 마음이 되는 까닭입니다

민들레꽃 같은 네 이름이
내 마음에서 하나 둘 꺼지면
내 우주가 어두워집니다
추운 계절에
눈빛 주고받으며
손 잡아 주던
네 웃음이
하나 둘 꺼지기 때문입니다

이력

내 안에서 빙점이 녹기까지
한 계절
구름 위로 가는 길을 만드느라
한 시절
아직 터지지 않은 심장이 있어
고맙다

누군가에게 목덜미를 잡히면
나의 흉터가 들통이 날까봐
숨어 살았다
젖은 내 자리가
마르기를 기다린 세월이었다

내가 있을 자리는
여기가 아니고 저기다라고
말 못하고 몸이 말랐다

내 꽃은
세상의 가파른 벽에 피었냐고
묻고 물었는데
답을 얻기 전에 뼈가 멍이 들었다

행운의 돛이 나를 향하여 오네

바람이 불어오듯이
꽃향기가 만져지듯이
행운의 빛이 다가오네
어둠이 깔린
창문 밖
저 바다 위
행운의 돛이 나를 향해 오네
긴 항해를 마친 여정
눈을 감고도 느껴지는 예감
행운이 가까이 오네
어느날
갑자기

오늘

오늘 내가 살아 있다는 것은
하늘이 나를 버리지 않아서입니다
오늘 내가 웃을 수 있다는 것은
형제들이 먼저 행복하기 때문입니다
오늘 내 마음의 씨앗불을 먼저 살피는 것은
그 씨앗불로 세상으로 나아가야 하기 때문입니다
오늘 내가 웃을 수 있다는 것은
땅에 사는 선한 친구들이 있기 때문입니다

11월

두 손바닥을 마주하고
떠날 것을 결심하는 새벽
너는 안개처럼 망설이는구나
강가에서 태어나 물에서 떠나는 새처럼
발자국 남기지 않는 새가 되지 못했다
반짝이는 잎으로 살아서
하얀 잇몸으로 손 흔드는 억새들이여
그 곁에서
딱 11분 순백의 기도를 하리라
햇빛은 빛을 돌리려
화려했던 무대 위로
꽃잎보다 더 큰 낙엽을 장식한다
더 빛나는 별들을 남기고
반대편
이웃 나라로 떠나는 빛이여
너에게
안녕

엄마가 되어도 엄마가 그립다

온전히 내가 엄마의 딸로 살았던 때
그때 하늘은 온전히 나의 것
다 익은 사과가 통째로 나의 것이었던 그때
뒷동산의 풀들이 자유로이 유영할 때 그때
무지개 놓인 다리를 달릴 때
나도 그때가 있었지

어느날 무면허로 엄마가 되고
길 위에서 길을 찾느라 심장이 아팠지
허둥지둥 헤매었지
부엌 모퉁이에서 새소리를 듣고
가끔 숲으로 가서
나뭇잎 같은 소리로 흐느끼기도 했지

엄마처럼 살지 마라 나처럼 살지 마라
등 뒤에서 엄마 목소리 들려도
엄마처럼 야위고 엄마처럼 아프네
하루에도 몇번씩 딸이 되었다가
엄마가 되어야 하네
뒷걸음질 치면 더 크게 느껴지는 엄마

해설

감동을 넘어선 감동

나태주 시인

감동을 넘어선 감동

나태주 시인

1. 강연장에서

지난 연말 어느 날의 일이었습니다. 서울 쪽에 강연 일
정이 잡혀 강연장에 나갔습니다. 강연대상자들은 학생들
이 아니라 선생님들. 그것도 서울 시내의 초ㆍ중등학교에
서 근무하는 선생님들인데 글을 쓰는 선생님들. 그들은 자
신들이 쓴 글을 모아 한 권의 책으로 묶어내고 그 기념으로
축하행사를 하면서 나를 불러 문학강연을 해달라고 했습니
다.

서울시 교육감이 지원해주시는 모임인데 세상이 많이 변
했고 이런 지원이나 행사가 참 아름다운 것이라는 생각을
했습니다. 강연을 하면서도 내내 기분이 좋았습니다. 강연
을 마치고 질의 응답시간이었습니다. 여러 분의 질의자가
있었고 나는 또 내 방식으로 답변을 했습니다. 그렇게 질문
을 한 선생님 가운데 한 분이 있었습니다.

여선생님이었습니다. 당신은 특수학급 선생님인데 시인

으로 등단도 했고 앞으로 시를 더 열심히 쓰면서 제2의 인생을 살고 싶어서 명예퇴직이라도 해야겠다는 요지의 발언을 했던 것 같습니다. 그때 나는 단호히 말을 했지요. 절대로 퇴직을 하지 말라고. 퇴직하고 집에서 글만 쓴다고 해서 좋은 글이 그렇게 마음먹은 대로 써지는 것은 아니라고.

글이란 것은 생활체험이 없으면 모래밭 위에 지은 기와집 같은 것이 되고 맙니다. 어디까지나 철저한 삶이 중요합니다. 하루하루 성실하게 살아가면서 이것저것 힘들게 겪어보는 여러 가지 경험들, 짜증스럽기까지 한 경험들이 있어야 합니다. 그렇지 않고서는 결코 좋은 시가 써질 수가 없는 일입니다.

'서울 교원 문학', 강연장에서 만난 박수진 시인. 그 만남 이후 시집을 내고 싶은데 나더러 추천의 말이든 해설문이든 좀 써달라는 부탁을 받았습니다. 실은 내가 이제는 그런 글을 쓸 때가 아닙니다. 그런 글을 쓰기에는 내가 너무 많이 철이 지난 사람이거든요. 유통기간이 지났다는 말입니다.

또 하나 이유가 있다면 해마다 1월에서 2월 사이는 두문불출, 새로운 책을 쓰는 달이었거든요. 올해도 한 권의 책을 쓰려고 계획 중인데 그런 글을 쓸 여가가 없을 것이라고 생각했던 것입니다. 그런데 대전의 지혜출판사 반경환 대표로부터 전화가 오고 시집 원고 조판본이 왔지 뭡니까. 그래서 없는 시간을 내어 설날 연휴에 쓰던 책의 원고를 멈추고 시집 원고를 읽었습니다.

2. 마음을 아프게 하는 시

원고를 읽다가 나는 그만 깜짝 놀라고 말았습니다. 시가 너무 좋았습니다. 시가 너무 마음이 아팠습니다. 마음이 아프다는 건, 그것도 글을 읽고 마음이 아프다는 건 보통의 문제가 아닙니다. 그것은 아주 큰 감동을 말합니다. 감동을 넘어선 감동입니다. 읽는 사람도 이렇게 마음이 저리고 아픈데 시를 쓴 장본인은 어찌했겠습니까!

이러한 아픔, 감동은 그저 그냥 이루어지지 않습니다. 우선 글을 쓴 사람의 경험이 있어야 합니다. 경험, 삶이고 현실이고 고생스런 누군가의 나날들이 쌓여서 그의 경험이 됩니다. 릴케 같은 시인은 이러한 경험을 체험이라고 말하기도 했지요. 어쨌든 좋습니다. 이러한 경험이 시로 바뀝니다.

아닙니다. 시의 바탕이 됩니다. 아무리 경험이 많고 좋아도 그냥 놔두면 안 되지요. 그것을 시작품으로 끌어내야 하지요. 어떻게 끌어냅니까? 옷을 입혀야 합니다. 언어의 옷입니다. 이것을 우리는 시 쓰기라고 하고 표현이라고 합니다. 경험의 품에 잘 맞는 옷을 입혀야 합니다. 정갈한 옷, 아름다운 옷을 골라서 입혀야 합니다. 그래서 시 쓰기는 힘겹습니다.

이러한 두 가지 관문을 거쳐서 우리 앞에 나타나는 것이 시작품입니다. 오늘날 박수진 시인의 시 작품도 그렇습니다. 본인의 직업이 특수학급 교사라 했습니다. 요즘은 정상적인 아이들 가르치기도 버겁다고 한숨을 쉬는 선생님들이 많습니다. 그런데 특수학급 교사는 더 말할 것이 없겠지요.

그건 부모님 이야기를 들어봐도 그럴 것 같아요. 시인은
시집의 맨 앞에 수록한 시에서 이렇게 말하고 있어요.

> 장애아 엄마와 얘기를 해보면
> 죽을 때까지 짊어지고 가야 하는 아이 때문에
> 아이들보다 하루만 더 살고 싶다는
> 저들의 똑같은 소원을 가지고
> 살풀이하듯 노는 밤
> 웃음이 깊으면 슬픔도 깊다는 걸
> 알아버린
> 밤이면 밤마다를 부른 그날
> ─「밤이면 밤마다」 부분

부처님도 자식을 낳은 뒤 '근심의 씨앗(라후라)'이라고 이
름을 지우셨다 하는데 부모에게 자식은 영원한 애물단지
그것입니다. 그러할진대 장애를 가진 아이는 어찌할까! 이
러한 부모님의 마음 곁, 가장 가까운 자리를 자처하고 사는
사람이 그들을 돌보는 선생님, 특수학교의 선생님, 특수교
사들이 아닌가 싶습니다. 여기서 바로 박수진 시인의 시편
들이 나오고 있는 것입니다.

> 서운한 생각이 드는 건
> 내가 마음을 다했다는 거
> 내가 조금 더 아파 봐서
> 내가 조금 더 어둠속에 있어 봐서
> 내 손을 너에게 빌려줬다

깜깜한 길을 더듬더듬거리며

걸어와 봐서

내가 아끼지 않고

나의 등잔을 들어 보였을 뿐

오래토록

아니

평생을 어둠 속에 있었던

다친 날개를 가진

장애 엄마에겐 졸업은

등잔을 들어줄

다른 사람을 찾으러 가야 하는

이민자이거나 디아스포라이다

— 「졸업」 전문

　시집의 1부에 실린 시편들 모두가 이런 교육현장 경험에 바탕한 시들인데 이 시도 그런 시 가운데 한 편입니다. '졸업' 그것은 무엇인가 과업을 마치는 일이고 즐거운 일이고 마땅히 축하해야 할 일입니다. 그런데 그것이 결코 즐거운 일, 축하할 일이 아니고 '등잔을 들어줄/ 다른 사람을 찾으러 가야 하는/ 이민자이거나 디아스포라' 라니?

　그래서 읽는 사람의 마음이 짠하고 아픈 것입니다. 비단 이 시 한 편뿐이겠습니다. 상당히 많은 시편들이 이런 범주에 들어가는 시편들입니다. 그러한 시편들에는 주인공이 여러 사람 등장합니다. '대중이'(「너를 보내고」), '재동이(「진짜 애인」)', '효성이 (「효자」)', '송이(「아름다운 엄마」)', '김경수 교장 선생님 (「교장 선생님」)'. 모두가 한세상의 강물을 아프게 아름답게 건너간 사람들입니다.

　더 이상 말할 것이 어디 있겠습니까. 가장 좋은 방법은 시집에 실린 시편들을 찬찬히 마음을 기울여 정성껏 읽어보는 수밖에 없습니다. 그 길이 가장 좋은 방법입니다. 그거야말로 시인과 독자의 직거래입니다. 중간상인의 중개문서라 할 수 있는 이런 글보다는 직접 시인의 집을 방문하여 그와 대면, 이야기 나누는 것이 가장 좋은 방법이란 말씀입니다.

　같은 길을 가는 사람 입장에서 말해 본다면 부탁의 말씀은, 앞으로 박수진 시인이 더 좋은 삶을 살아가고(아니 지금처럼 그렇게 뚜벅뚜벅 살아가고), 그런 삶을 바탕으로 좋은 글을 계속해서 써나가는 일입니다. 그러한 글, 생의 자취들로 하여 이 땅에 사는 많은 다른 사람들, 마음이 아프고 몸이 아프고 살기 힘든 사람들에게 힘이 되어주는 일입니다. 위로가 되고 축복이 되고 기도가 되고 응원이 되고 동행이 되는 일입니다. 나 또한 그런 의미에서 박수진 시인의 한 동행임을 자처하고자 합니다.

　　6번 출구에서 기다리네
　　내가 기다리는 학생은 지금 뛰어오네
　　나를 기다리는 전철은 지금 지나가네
　　미리 온 학생은 다른 선생님과 보내고
　　혼자 기다리네
　　어느 현장학습이건 꼭 한 명은 늦게 오는 법
　　샤워까지 하고 말갈퀴 머리 날리며 달려오네
　　출근길의 개찰구는 고양이 눈빛

사람들이 복수를 결심한 듯

휙휙 사라지네

어깨를 툭툭 부딪히고 달리네

사람들이 달리네

갑자기 텅 빈 광장

인생 뭔가 허전한데 이런 것이었어

뛰어가네

시간보다 더 먼저 뛰어가네

인생이 뛰어가네

— 「학생을 기다리며」 전문

　이 작품 역시 좋은 마음이 들어있는 시입니다. 특수학급 선생님으로서 아이들과 했던 경험을 축으로 하면서 도시 생활의 번잡함을 노래하고 있고 또 그것을 발전시켜 인생의 무상함까지 노래하고 있군요. 시의 후반부를 좀 보십시오. '시간보다 더 먼저 뛰어가네/ 인생이 뛰어가네'. 아, 이런 표현. 무릎이 탁 쳐지지 않습니까! 후반부의 반전과 쾌재. 이것이 또한 좋은 시의 한 조건입니다.

　1부 그 뒤편에 나오는 시편들도 좋습니다. 드물게 시가 좋습니다. 왜 그런가요? 시의 문장 안에 진심이 들어가 있기 때문입니다. 어느 세상에서든 어떤 사람들에게든 진심보다 더 좋은 마음은 없습니다. 진심이야말로 가장 힘이 센 마음입니다. '심복心腹'이란 단어가 있습니다. '가슴'과 '배'라는 뜻이고 '심복지교心腹之交'란 말을 줄인 단어입니다.

　그 뜻은 '마음을 터놓고 지낼 수 있는 친구'입니다. 그런

데도 사람들은 이 말을 '心僕' '心服'으로 바꾸어 읽고 싶어
합니다. 아닙니다. 절대로 아닌 것입니다. 우리는 서로가
심복心腹이 되어야 합니다. 가슴이 아플 때 그 아픈 가슴을
알아주고 배가 고플 때 그 배를 채워주는 사람이 되어야 합
니다. 그런 심복의 시가 박수진 시인의 시집에 들어있다는
말씀입니다.

　그래도 내 딴에는 가장 좋다고 여겨지는 시편 몇을 아래
에 소개해보면서 박수진 시인, 서울에서 처음 만났는데도
좋은 느낌으로 오래 살아 있을 진정한 가슴을 지닌 이 땅의
시인, 이 시대의 좋은 교사 한 사람, 그런데도 처음엔 글을
써주지 않겠다고 고개를 돌렸던 일을 사과하면서 저의 소
임을 다하고자 합니다.

　　온전히 내가 엄마의 딸로 살았던 때
　　그때 하늘은 온전히 나의 것
　　다 익은 사과가 통째로 나의 것이었던 그때
　　뒷동산의 풀들이 자유로이 유영할 때 그때
　　무지개 놓인 다리를 달릴 때
　　나도 그때가 있었지

　　어느날 무면허로 엄마가 되고
　　길 위에서 길을 찾느라 심장이 아팠지
　　허둥지둥 헤매었지
　　부엌 모퉁이에서 새소리를 듣고
　　가끔 숲으로 가서
　　나뭇잎 같은 소리로 흐느끼기도 했지

엄마처럼 살지 마라 나처럼 살지 마라
등 뒤에서 엄마 목소리 들려도
엄마처럼 야위고 엄마처럼 아프네
하루에도 몇 번씩 딸이 되었다가
엄마가 되어야 하네
뒷걸음질 치면 더 크게 느껴지는 엄마
— 「엄마가 되어도 엄마가 그립다」 전문

오늘 내가 살아 있다는 것은
하늘이 나를 버리지 않아서입니다
오늘 내가 웃을 수 있다는 것은
형제들이 먼저 행복하기 때문입니다
오늘 내 마음의 씨앗불을 먼저 살피는 것은
그 씨앗불로 세상으로 나아가야 하기 때문입니다
오늘 내가 웃을 수 있다는 것은
땅에 사는 선한 친구들이 있기 때문입니다
— 「오늘」 전문

반경환 명시감상

— 산굼부리에서 사랑을 읽다 1

반경환 철학예술가 · 『애지』 주간

반경환 명시감상
― 산굼부리에서 사랑을 읽다 1

반경환 철학예술가 · 『애지』 주간

산굼부리에서 사랑을 읽다 1
― 세계 유일의 평지분화구

박수진

사랑이 뭔지 아니
심장이 고장이 나는 거야
그래서
심장을 150그램씩 떼 주는 거야
두 명에게만 나눠 주는 거야
봐
첫사랑, 마지막 사랑
사랑에도 이름이 있는데
사랑에도 분량이 있는데

사랑이 과열되면
산굼부리처럼 터지기도 해

    박수진 시인의 「산굼부리에서 사랑을 읽다 1」은 가장 독특하고 이채로운 사랑의 시라고 할 수가 있다. 심장은 인간의 중심기관이며, 심장이 고장난다는 것은 아주 중대한 사건이라고 할 수가 있다. 만일, 심장이 고장나는 것이 사랑이라면 사랑은 심장으로 시작해서 심장으로 끝난다는 뜻일 것이다. 따라서 사랑에는 첫사랑과 마지막 사랑이라는 두 종류만 있게 되고, 이 사랑이 과열되면 산굼부리에서처럼 폭발을 하게 된다.

    첫사랑도 암수 하나이고, 마지막 사랑도 암수 하나이다. 사랑은 서로가 서로에게 자기 자신의 심장을 150그램씩 떼어주는 것이다. 첫사랑과 마지막 사랑은 하나의 과정이며, 따라서 이 과정에 다른 사랑이 개입되면 그것은 반드시 산굼부리에서처럼 폭발을 하게 된다.

    사랑이란 진실이 없으면 살 수가 없지만, 이 진실이 넘쳐나면 폭발한다. "첫사랑, 마지막 사랑/ 사랑에도 이름이 있는데/ 사랑에도 분량이 있는데/ 사랑이 과열되면/ 산굼부리처럼 터지기도 해"라는 시구가 그것을 말해준다. 나르시소스의 수선화, 히야신스의 히야신스, 아도니스의 아네모네가 그토록 붉디 붉은 핏빛으로 물든 것은 그들의 사랑이 평지 폭발했기 때문일 것이다.

    박수진 시인의 「산굼부리에서 사랑을 읽다 1」는 가장 새롭고 독창적인 '사랑의 시'라고 할 수가 있다. 사랑은 심장이 고장나는 것이라는 충격, 사랑은 서로가 서로에게 심장을 150그램씩 떼어주는 것이라는 충격, 첫사랑과 마지막 사랑에 다른 사랑이 개입하면 산굼부리에서처럼 평지 폭발한다는 충격—. 이 충격이 박수진 시인의 「산굼부리에서 사랑을 읽다 1」의 새로움이고 독창성이라고 할 수가 있다.

　자기 자신의 언어와 목소리로 모든 사건과 현상들을 연출하고, 가장 멋진 신세계를 창출해냈다는 것이 박수진 시인의 「산굼부리에서 사랑을 읽다 1」의 기적일 것이다.

박수진

1987년 중학교 특수학급에서 장애학생을 지도하기 시작하여 약 30년간 교직생활을 하고 있으며, 시집으로는 『눈꺼풀로 하는 대화』(전자책 출간)가 있고, 현재는 서울 수락중학교에 재직 중이다. 공무원 문예대전 우수상 수상, 중랑신춘문예 장원 수상, 『월간문학』 신인상을 수상했고, 동서커피 문학회원으로 활동하고 있다.

박수진 시인의 두 번째 시집인 『산굼부리에서 사랑을 읽다 ─특수학교 교사의 일기』는 특수교사의 일기이며, 나태주 시인의 말대로, '감동을 넘어선 감동'의 시집이라고 할 수가 있다.

이메일 : himna888@sen.go.kr

박수진 시집

산굼부리에서 사랑을 읽다
─ 특수학교 교사의 일기 ─

발   행 2019년 3월 5일
지 은 이 박수진
펴 낸 이 반송림
편집디자인 김지호
펴 낸 곳 도서출판 지혜
          계간시전문지 애지
기획위원 반경환 이형권 황정산
주   소 34624 대전광역시 동구 선화로 203-1, 2층 도서출판 지혜(삼성동)
전   화 042-625-1140
팩   스 042-627-1140
전자우편 ejisarang@hanmail.net
애지카페 cafe.daum.net/ejiliterature

ISBN : 979-11-5728-317-0 03810
값 9,000원